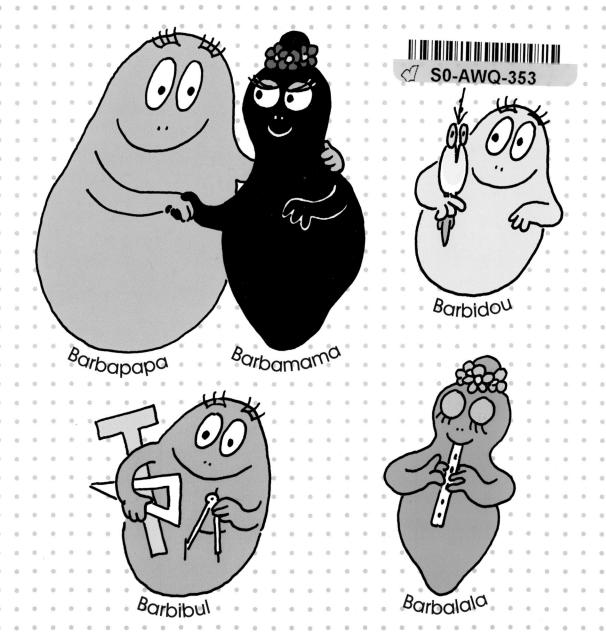

Barbapapa

Barbamama

Barbidou

Barbibul

Barbalala

Les Livres du Dragon d'Or
60 rue Mazarine, 75006 Paris.
Copyright © 1974 Tison/Taylor, Copyright renewal © 2006 A.Tison, all rights reserved.
Loi n° 49-956 du 16 juillet 1949 sur les publications destinées à la jeunesse.
ISBN 978-2-87881-326-5. Dépôt légal : septembre 2006.
Imprimé en Italie.

BARBAPAPA

Les Animaux

Annette Tison & Talus Taylor

Barbapapa va faire un petit voyage
en train... mais il est trop gros pour
monter avec les voyageurs.

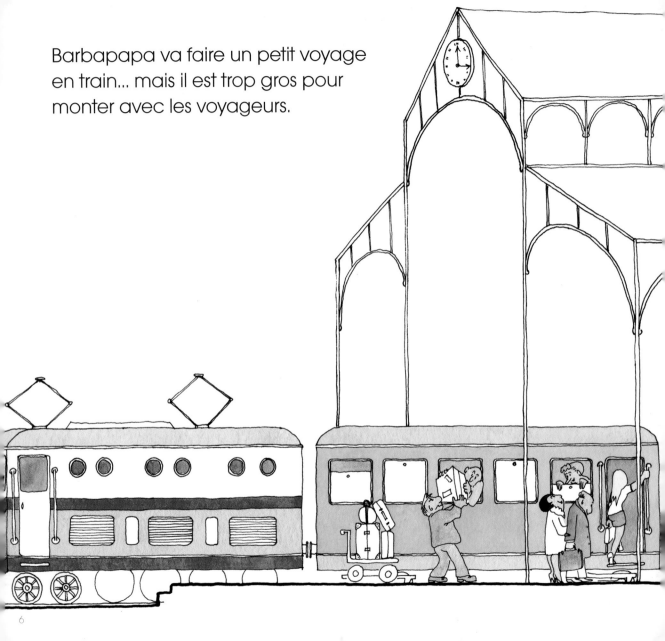

Il ira dans le fourgon avec les animaux.

Les animaux sont malheureux derrière des barreaux. Ils veulent retourner chez eux, en Afrique.

Barbapapa va
les aider.

Il se transforme en une énorme valise.

Si les animaux ne font pas de bruit,
personne ne s'apercevra de rien.

En route pour l'aéroport.

En avion,
les voyages
sont rapides,
et les voici
en Afrique.

Barbapapa attend le bon moment pour sortir
du hangar sans se faire remarquer.

Barbapapa est en route pour ramener ses amis dans leur forêt natale. Le bébé éléphant est le premier à rejoindre ses parents.

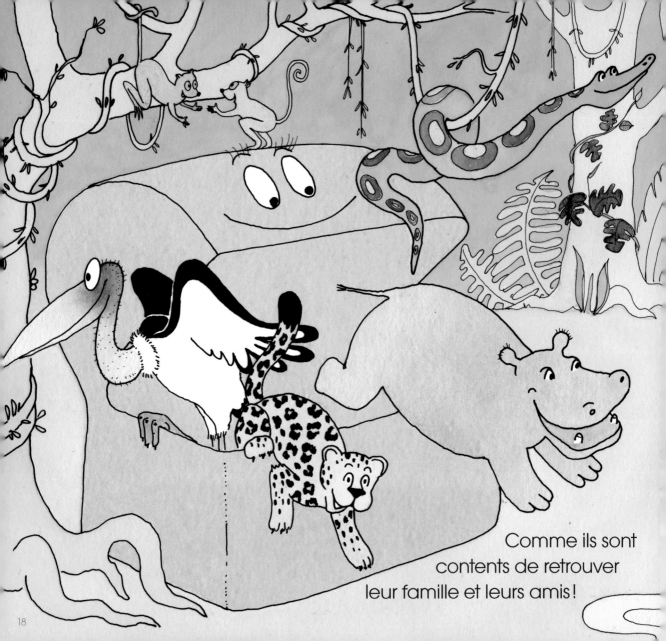

Comme ils sont
contents de retrouver
leur famille et leurs amis !